Edition Paashaas Verlag

Autor: Gerwine Ogbuagu
Cover-Motive: Pixabay.com
Covergestaltung: Michael Frädrich
Lektorat: Manuela Klumpjan
Originalausgabe Juni 2025
Edition Paashaas Verlag – www.verlag-epv.de
ISBN: 978-3-96174-167-0

Kontaktdaten gemäß der Verordnung 2023/988 zur allgemeinen Produktsicherheit (General Product Safety Regulation-GPSR):
Edition Paashaas Verlag,
M. Klumpjan, Im Lichtenbruch 52, 45527 Hattingen
info@verlag-epv.de
Druck: Libri Plureos GmbH, Friedensallee 273,
22763 Hamburg

Die Deutsche Nationalbibliothek verzeichnet diese Publikation in der Deutschen Nationalbibliografie; detaillierte bibliografische Daten sind im Internet abrufbar über https://dnb.d-nb.de.

Nalas

großes Abenteuer

FSC
www.fsc.org

MIX

Papier aus ver-
antwortungsvollen
Quellen
Paper from
responsible sources

FSC® C105338

Es war die wirklich schlimmste Zeit meines Lebens, was im letzten Sommer geschah. Mein Frauchen ist nach Amerika gezogen und hat mich mitgenommen. Ich fand es sehr schwer, mich dort einzugewöhnen.

Es war Sommer und es gab viele Gewitter. Ich habe immer große Angst vor dem lauten Donner und den Blitzen und verkrieche mich unter einem Tisch in einer Ecke. Eines Morgens begann Frauchen, ganz viel Kuchen zu backen und Sandwiches zu belegen. Ich kenne das – sie macht das oft. Diesmal redete sie mit Herrchen darüber, dass sie alles für das Picknick am 4. Juli vorbereiten würde . Immer wieder redeten sie über diesen 4. Juli. Dann hörte ich meinen Namen.

„Obwohl es noch nicht der 4. Juli ist, knallen viele Menschen jetzt schon mit dem Feuerwerk", sagte sie zu Martin, „und du weißt ja, Martin, welche Angst Nala davor hat."

„Das tut mir so leid für sie", meinte er. „Lass mich heute Abend nochmal mit ihr raus gehen und dann morgen noch einmal ganz früh, wenn es noch ruhig ist. Dann kann sie danach erst einmal entspannt in der Garage bleiben."

„Gut, das sollte sie auch aushalten können morgen. Aber wenn du nachher mit ihr gehst, lass sie auf gar keinen Fall von der Leine. Sie könnte vor Schreck weglaufen."

Das fand ich richtig doof und dachte mir, vielleicht macht er es ja doch, er weiß ja, dass ich nicht gern an der Leine gehe, sondern lieber überall rumschnuppern möchte.

„Ganz bestimmt mach' ich das nicht", antwortete Martin und holte die Leine. Ich

hörte, wie er zu Frauchen sagte: „Ich gehe nur kurz, dann hat sie eine ruhige Nacht. Besser jetzt als morgen, denn die Knallerei wird sich ja steigern."
Dann gingen Martin und ich auf die Terrasse und von dort zur Straße. Es war alles leise. Martin schlug den Weg zum Waldstück ein und wir schlenderten langsam. Ich mochte den Weg, den er aussuchte. Dort roch es so gut nach würzigen Kräutern und Pilzen. Erst gingen wir ans Ende der Straße, dann einen kleinen Abhang hinunter und danach begann der Wald. Dort war es etwas feucht. Tatsächlich hörte ich Martin sagen: „Ich mache jetzt die Leine los, Nala, dann kannst du dich besser bewegen. Aber lauf auf keinen Fall weg. Du weißt, was dein Frauchen gesagt hat." Mit diesen Worten machte er die Leine los.

Meine Güte, wie nett war das denn? Ich folgte sofort einer einladenden Spur, oh wie gut das roch.

Auf einmal zischte es laut an meinem Ohr, so dass ich hochsprang, dann folgte ein Knall - gefolgt von ganz viel Feuer, das plötzlich am Himmel erschien. Ich rannte los und wollte mich verstecken. Immer mehr Knaller und Zischen hörte ich. Am Himmel rollten viele Feuerkugeln, wie ich noch keine gesehen hatte. Ich rannte und rannte und suchte ein Versteck, wollte nur das Knallen nicht mehr hören und das Feuer nicht mehr sehen. Da, der helle Schein zeigte mir Büsche und Bäume. Ich verkroch mich unter einem Busch und hielt meinen Kopf mit meinen Pfoten ganz fest. Ich hatte solche Angst.

Dann fiel mir ein, dass Martin ja nach mir suchen würde. Ich wollte aber auf keinen

Fall mein Versteck verlassen, der Lärm war zu schlimm und ich zitterte. Ich lag einfach nur da und hoffte, dass das Gedröhn aufhören würde. Es knallte aber immer weiter. So blieb ich einfach liegen. Ich wusste nicht, wie lange ich da gelegen hatte, es war inzwischen ruhiger geworden. Es war jetzt so dunkel.

Ich schaute mich um, hier war ich noch nie gewesen und kannte mich nicht aus. Wo war ich bloß? Ich konnte auch nichts riechen, das ich kannte. Ich wollte nach Hause und rannte los. Aber alles, was ich roch, war ganz anders als das, was ich kannte. Ich wusste nicht mehr, wo ich war. Außerdem war ich so müde. Also legte ich mich noch einmal unter einen Busch und hoffte, wenn es wieder hell werden würde, könnte ich meinen Weg nach Hause finden.

Ich hörte viele Töne, die mir Angst machten. Am Schlimmsten aber war es, dass ich nichts riechen konnte, das ich kannte. Ich muss eingeschlafen sein, denn als ich aufwachte, war es nachts.

Ich schaute mich um, aber alles war so fremd. Was sollte ich bloß tun? Ich ging langsam los, ich war durstig und hungrig. Oh, wo war ich bloß, wie konnte ich meinen Weg zurückfinden?

Dann entdeckte ich einen Weg, aber was ich sah, kannte ich auch nicht. Noch nie war ich hier gewesen. Ich legte mich wieder unter einen Busch, um auszuruhen. Meine Pfoten taten mir weh. Plötzlich hörte ich ein Plätschern und stand auf, um zu schauen, ob da Wasser war.

Tatsächlich entdeckte ich einen kleinen Bach. Ich ging näher ans Ufer und trank ein wenig. Das war gut, so kühl, dass ich mich gleich frischer fühlte.

Als ich mich umdrehte, saß da ein kleines rot-braunes Tier mit einem buschigen Schwanz und schaute mich an. Es hatte hübsche Ohren mit langen hochstehenden Haaren oben, die aussahen wie Pinsel, und schöne Augen. Es begann zu sprechen: „Wer bist du und was tust du hier? Ich habe dich noch nie hier gesehen."
Da erzählte ich ihm, was passiert war und dass ich nicht mehr wusste, wo mein Zuhause war.
„Das tut mir leid, aber ich weiß es auch nicht", antwortete das Tier.
„Ich weiß nicht, was ich machen soll und auch nicht, wohin ich gehen soll", murmelte ich mehr zu mir selbst.

Ich war hungrig und unendlich traurig. Daher sagte ich zu dem Tier: „Ich werde einfach weitergehen und schauen, ob ich irgendetwas wiedererkennen kann."

„Irgendwie verstehe ich nicht, warum du den Weg nicht findest", bemerkte es, „bist du denn schon lange gelaufen? Ich habe gehört, dass Hunde sehr gut riechen können, kannst du den Weg nicht zurückverfolgen?"

„Nein, es kommt mir ziemlich weit vor. Ich wohne noch gar nicht lange hier. Eigentlich kenne ich nur die Straße, wo unser Haus steht. In diesem Wald war ich das erste Mal mit meinem Herrchen. Ganz ehrlich, ich habe Angst, einfach so hier herumzulaufen."

„Das verstehe ich gut", erwiderte das Tier. „Ich glaube, das Beste ist, du suchst dir einen ruhigen Platz, wo du dich hinlegen kannst und noch etwas ausruhen. Später könntest du weitersuchen. Ich komme nachher noch mal vorbei und schaue nach dir. Jetzt muss ich Nüsse suchen, um sie für den Winter einzugraben."

Ich legte mich hin und schlief tatsächlich ein wenig.

Als ich aufwachte, stand die Sonne hoch am Himmel. Ich schaute, ob ich das Tier sah, aber leider war es nirgendwo zu sehen.

Also machte ich mich auf den Weg, um eine Straße zu suchen. Ich lief lange durch den Wald, bis ich an eine riesige Straße kam. Der Autolärm war beängstigend und ich überlegte, wie ich bloß über die Straße kommen könnte. Gegenüber, auf der anderen Straßenseite - und das war sehr weit weg - sah ich wieder einen

Wald mit hohen Bäumen und Büschen. So blieb ich erst mal stehen und beobachtete die Autos. Sie fuhren unheimlich schnell, und ich wusste, ich könnte es nicht schaffen, diese breite Straße zu überwinden. Also wartete ich und schaute zu. Nach einer Weile wurde diese riesige Autoschlange langsam und immer langsamer, bis sie tatsächlich stoppte. Also wagte ich es, ganz gemächlich auf die Straße zu tapsen. Mein Herz schlug sehr schnell, denn ich hatte große Angst, unter ein Auto zu kommen. Doch alle Autos standen still. So schlich ich vorsichtig zwischen den Abständen hindurch und hoffte, sie würden nicht wieder anfangen zu fahren. Und tatsächlich, ich schaffte es! Die Straße endete auf einem Streifen mit Gras – und ich hatte es geschafft, sie zu überqueren.

Ich war froh, so froh, dass ich mich erstmal hinlegte. Auch hier kannte ich gar nichts und wurde immer hungriger. Ich sah keinen Menschen.

Nach einer Weile stand ich auf und ging einfach vorwärts. Irgendwann kam ich an eine schmale Straße. An den Seiten entdeckte ich viele Häuser, die meisten waren weiß und hatten Rasenflächen vor den Eingängen. Ich schaute mir die Häuser an, nein, es waren keine Häuser wie die von meinem Frauchen, sie waren größer und breiter und hatten rote Dächer. Da kam eine Frau aus einer der Türen heraus, ging den Weg entlang zur Straße und beugte sich über die Gartentür. „Wer bist du denn?", sprach sie mich an. Ihre Stimme klang freundlich. Sie öffnete ihre Tür und

fuhr fort: „Komm doch herein, bist du
hungrig?"

Ich verstand, was sie sagte. Oh ja, ich war
außerordentlich hungrig. Aber ich wusste
nicht, ob ich ihr folgen sollte, vielleicht
war es doch gefährlich. Wieder sagte sie:
„Komm doch herein", und öffnete das Gartentor.

Was sollte ich nur machen? Gern wäre ich
hereingegangen und hätte etwas gefres-
sen. Dennoch ging ich weiter und dachte,
besser nicht, nachher will sie mir etwas
tun. Also ging ich weiter, schaute aber
nochmal zurück - da sah ich, wie sie
winkte.

Sollte ich vielleicht doch zu ihr hingehen?
Weil ich so hungrig und durstig war,
kehrte ich um. Ganz langsam ging ich auf
das offene Gartentor zu und dann in ihren
Garten. Sie hielt mir ihre Hand hin, und

ich schnupperte daran. Die Hand war kühl und roch gut nach Hackfleisch. Ich wartete. Sie ging ins Haus, dann kam sie mit einer Schüssel mit Wasser zurück und stellte sie auf den Vorplatz. Sie ging wieder hinein und brachte mir eine Schüssel mit Gemüse und einem Knochen darin. Es war warm und dampfte ein wenig. Ich schnupperte vorsichtig und leckte ein wenig von dem Gemüse, schluckte es herunter und leckte an dem Knochen. Es schmeckte sehr gut. Es war viel Fleisch an dem Knochen. So nahm ich ihn und begann daran zu nagen und zu kauen. Oh, es tat so gut.

„Wie schön, dass du frisst", sagte die Frau und streichelte mich ein wenig an meinem Hals. Ich erlaubte es ihr, denn ich konnte fühlen, dass sie es gut mit mir meinte. Genüsslich aß ich alles und trank von dem Wasser.

Sie fragte lieb: „Möchtest du hereinkommen?", und schaute mich an.

Doch ich fand es besser, dass ich weitergehe. Ich hatte ja nun Kräfte von dem Essen und könnte meine Suche fortsetzen. Also wedelte nur ein bisschen mit dem Schwanz. Hoffentlich würde sie das verstehen. Dann ging ich den Weg vom Haus weg, durch die offene Pforte und weiter die Straße entlang. Ich fühlte mich viel besser und war froh, dass die Frau nur Gutes für mich getan hatte. Mir war bewusst, dass es nicht immer so war. Manchmal sind Menschen auch schrecklich zu Hunden, das hatte ich schon oft gesehen. Ich hoffte, dass meine Suche bald zu Ende sein würde und ich demnächst wieder bei meinem Frauchen sein könnte.

Dort wollte ich auf meiner schönen warmen Decke liegen, unter dem Tisch und das Futter fressen, das sie mir geben würde.

Leider war das im Moment nur ein schöner Traum. Ich war so weit weg von Frauchen und Martin. Was sollte ich bloß tun?

Die Straße war nicht breit, zum Glück regnete es nicht. Der Sand war weich und meine Pfoten schmerzten nicht so wie gestern. Ich fühlte mich sehr traurig und wusste eigentlich nicht, was ich tun sollte. Ich hoffte, dass ich irgendeinen Weg oder einen Geruch finden würde, der mir bekannt war. Aber alles war fremd.

Plötzlich hörte ich Lachen und Lärm, das war ziemlich nahe. Als ich näher kam, sah ich sie schon, die vielen Kinder auf einem Spielplatz. Sie rutschten von einer großen Rutsche in einen Sandhügel. Das Getöse

war groß, sie schrien und lachten und ihre Mütter schauten von zwei Bänken aus zu. Ich schlich etwas näher heran, wollte nur schauen. Etwas weiter weg entdeckte ich eine braune Hündin. Sie hatte mich auch gesehen und wedelte doch tatsächlich mit ihrem Schwanz. Vielleicht sollte ich mal zu ihr rüber gehen. Sie wedelte noch mehr. Langsam ging ich in ihre Nähe.
Sie sah freundlich aus, kam aber nicht auf mich zu.
Ich blieb stehen. Man kann ja nie wissen.
„Wer bist du?", hörte ich, wie sie mich ansprach.
Ich sagte ihr meinen Namen.
Sie erwiderte: „Ich bin Lotti. Ich habe dich hier noch nie gesehen. Wo wohnst du und ist dein Frauchen auch hier?"

Weil sie so freundlich redete, begann ich, ihr meine Geschichte zu erzählen. Eine Träne rollte aus meinem Auge.

„Wein doch nicht", sagte Lotti, „es wird bestimmt alles wieder gut. Sicherlich sucht dein Frauchen nach dir. Eine Freundin von meinem Frauchen hat auch schon einmal ihren Hund vermisst. Sie hat jeden Tag telefoniert. Ich war dabei, denn mein Frauchen und ich sind zu ihr gegangen und haben ihr beigestanden. Sie hieß Rosie, und ihr Hund hieß Lulu. Rosie hat viele Tage immer wieder Leute angerufen und tatsächlich, eines Tages war es so, dass eine Polizistin bei Rosie vorbeikam – und wen hatte sie dabei? Rate mal!"

Ich schluckte und antwortete vorsichtig: „Vielleicht ihren Hund?"

„Genau", rief Lotti, „du bist schlau. Lulu war wieder daheim! Mein Frauchen und

Rosie umarmten sich und weinten. Und Lulu sprang immer wieder an Rosie hoch. Rosie nahm sie auf den Arm, streichelte Lulu und sagte immer wieder: ´Meine Lulu, so schön, dass du wieder da bist.´ Ganz bestimmt sucht dein Frauchen dich auch. Verliere nicht den Mut, sie findet dich bestimmt." Dazu nickte Lotti immer wieder. Mir traten Tränen in die Augen. „Danke, Lotti, das ist eine schöne Geschichte, hoffentlich erlebe ich das auch bald mit meinem Frauchen. Ich will jetzt weitergehen und versuchen, den Weg zurück zu finden, wo ich hergekommen bin!"
„Ich wünsche dir, dass du bald dein Frauchen findest. Mach's gut!", rief Lotti und ging zur Bank, wo ihr Frauchen saß.
Als sie mir alles erzählt hatte, fühlte ich mich viel besser. Aber jetzt, wo wir uns verabschiedet hatten, wurde ich wieder

so traurig. Verzweifelt schleppte ich mich die Straße entlang. *Hoffentlich suchen Frauchen und Martin nach mir, ich möchte so gern zu ihnen zurück.*

Ich überlegte, ob ich vielleicht lieber wieder zu der riesigen Straße zurückkehren sollte, denn aus der Gegend kam ich ja. Also drehte ich um und wollte wieder an dem Haus von der freundlichen Frau vorbeigehen, aber ich konnte es nicht mehr finden. Alle Häuser hier sahen ähnlich aus und irgendwie fand ich wohl nicht die richtige Richtung.

Es wurde wieder langsam dunkel. Wo konnte ich bloß hingehen, um mich auszuruhen? Die Kinder und ihre Mütter hatten den Spielplatz bestimmt verlassen. Also ging ich wieder dahin zurück, um mich in einem der Spielhäuschen zu verstecken und auszuruhen. Ich war schon wieder so hungrig und durstig.

Tatsächlich war niemand mehr auf dem Spielplatz - also habe ich die Nacht in einem von diesen Häuschen verbracht. Ich war schrecklich müde und auch hungrig, aber es gab ja nichts zu essen. Ich war zu schwach, um wieder den Bach zu suchen, um etwas zu trinken. Es war schrecklich. Ich fühlte mich so allein und hatte solche Sehnsucht nach meinem Frauchen und Martin. Die Nacht war unheimlich, ich schlafe ja nie draußen, immer nur im Haus auf meiner weichen Decke. Das Holz, auf dem ich lag, war hart und kalt.

Endlich waren diese schrecklichen Stunden zu Ende und es begann heller zu werden. Also stand ich auf und schüttelte mich ganz doll. Dann ging es mir ein wenig

besser. Die Sonne war noch nicht zurück-
gekommen. Es war immer noch ungemüt-
lich, aber ich begann einfach zu laufen. Einige Autos fuhren auf der Straße. Plötzlich wurde ich aufmerksam! Oh, das sieht
hier so aus, als ob mein Frauchen und ich
schon einmal hier waren, in dem Laden mit
den vielen Blumen und Töpfen und drinnen
gab es Puppen und Stofftiere. Ich erinnerte mich, wie mein Frauchen unbedingt
eine von den großen Pflanzen kaufen
wollte. Sie war sich aber nicht sicher, wo
sie die Pflanze hinstellen könnte. „Martin
mag keine Pflanzen im Schlafzimmer,
Nala", sagte sie immer wieder zu mir.
Also kaufte sie keine an diesem Tag. Ich
erinnerte mich gut an das Geschäft, es
hatte mir gefallen. Ich kam näher und näher, und wirklich, ich glaubte, ja, das ist
der Laden, hier war ich schon mal. Aber je

näher ich kam, umso mehr musste ich erkennen, dass es ein anderer Laden war und nicht der, wo ich mit Frauchen gewesen war.

Ich schaute mir alles ganz genau an und passte auf, dass mich niemand sehen konnte. Wenn einer der Männer, die dort arbeiteten, aus dem Haus kam, versteckte ich mich hinter einem der großen Kübel. Zum Glück hatten die Arbeiter den Boden mit Wasser gesprengt und es gab einige große Pfützen. Ich passte wieder auf, dass mich niemand sah und dann ging ich nahe an eine der Pfütze und begann, von dem Wasser zu lecken, weil ich doch so durstig war. Niemand sah mich. Auch kein anderes Tier war in der Nähe. Was für ein Glück.

Aber ich wurde immer hungriger und fühlte mich sehr unglücklich, besonders da es nicht das Geschäft war, das ich kannte. Also beschloss ich, dass ich doch lieber von hier weggehen sollte. Nachher würden sie mich vielleicht entdecken. Davor hatte ich große Angst.

Es gab einen kleinen Weg hinter dem Haus, der nicht an der Straße entlang führte, sondern auf ein großes Feld. Dahin ging ich und hoffte erneut, dass ich irgendetwas finden würde, das mich an den Weg erinnerte, den ich schon mal gegangen war. Irgendwann fiel mir auf, dass überall in großen Abständen Steine aufgestellt waren. Sie waren eckig und sahen nicht aus wie Feldsteine. Sie standen in mehreren Reihen. Vor ihnen sah ich Flächen, die mit Erde bestreut waren. Darauf wuchsen niedrige Sträucher mit Blüten.

Auf manchen Flächen entdeckte ich unterschiedlich große, rote und weiße Plastikbehälter mit schimmernden Lichtern darin. Es gab viele Reihen mit diesen Steinen, kleinen Büschen und Lichtern.

Als ich weiter ging, fiel mir auf, dass auf einer dieser Flächen ein Hund lag. Er war braun, hatte lange herunterhängende Ohren und seinen Kopf zwischen seine Pfoten gelegt. Ich wunderte mich und ging vorsichtig näher.

Da hörte ich, wie er rief: „Komm her, was machst du hier?"

Wirklich, er hatte mich gerufen, ich konnte es kaum glauben. Langsam näherte ich mich.

„Ich habe dich hier noch nie gesehen", sagte er. „Woher kommst du?" „Ich kann es dir nicht sagen, woher ich komme", antwortete ich. „Ich kenne es nur, wenn ich

es sehe. Ganz ehrlich, ich habe mich ver-
laufen. Ich weiß nicht, wo ich hier bin und
kann auch den Weg zu meinem zu Haus
überhaupt nicht mehr finden."
„Wie kommt das denn?", fragte er wieder.
Also erzählte ich ihm alles.
Er konnte es kaum glauben. „Das tut mir
sehr leid, ich würde dir so gern helfen."
„Und du", fragte ich ihn, „was machst du
hier so allein?"
„Ich warte hier, ob mein Herrchen wie-
derkommt", erklärte er mir.
Und dann erzählte er mir eine sehr lange
Geschichte. Eines Morgens hatte sein
Frauchen sein Herrchen, ihren Mann, im
Bett gefunden. Er konnte nicht mehr
sprechen. Er lag da, seine Augen waren ge-
schlossen und er bewegte sich nicht mehr.
Sein Frauchen hatte dann telefoniert, und
ein Mann war gekommen. Er trug eine

große Tasche bei sich, fast wie ein Koffer sah sie aus. Er holte ganz viele Sachen aus der Tasche. Ein Teil wickelte er um den Arm von meinem Herrchen, das schien nicht so zu funktionieren, wie er es sich wünschte. Dann steckte er zwei Knöpfe an Schnüren in seine Ohren und stellte eine kleine Scheibe auf die Brust von meinem Herrchen. Aber das war auch nicht, wie er es gern haben wollte. Am Ende von all den Sachen, die er versuchte, sagte er zu meinem Frauchen: ‚Es tut mir sehr leid, Mrs. Myers, ihr Mann ist gestorben. Sein Herz arbeitet nicht mehr.‘ Da setzte mein Frauchen sich auf einen Sessel, der dort stand und begann so schrecklich zu schluchzen und weinte und weinte, wie ich es vorher nie von ihr gesehen hatte. Der Mann telefonierte. Bald kamen zwei andere Männer, die trugen eine große Kiste, dahinein legten sie mein Herrchen. Es war alles schrecklich. Die Männer trugen die Kiste weg, der andere Mann verabschiedete sich und Frauchen kam zu mir, umarmte mich und sagte: ‚Rudy, mein Mann ist gestorben, du hast kein Herrchen mehr.' Wieder weinte und weinte sie, dann nahm sie das Telefon und ich hörte, wie sie mit ihrer Mutter telefonierte, die dann bald zu uns kam."

Ich hörte mir das alles an und fand, dass es eine schlimme Geschichte war. Ich konnte zu Rudy auch nur sagen, wie leid es mir alles tat. Dann fragte ich ihn: „Aber was machst du hier, warum bist du nicht zu Hause bei deinem Frauchen?"

„Ich hoffe, dass mein Herrchen wieder aus der Kiste heraussteigt und wieder lebendig wird. Sie haben ihn ja hier mit der Kiste in die Erde gelegt. Ich war dabei. Es kamen ganz viele Menschen, manche kannte ich, es waren Freunde von Frauchen und Herrchen, sie weinten alle. Dann kamen Männer mit einem Wagen, aus dem holten sie die Kiste mit Herrchen heraus und legten sie in das tiefe Loch. Die vielen Freunde nahmen Erde mit Schaufeln von einem kleinen Hügel, der dort stand und warfen sie in das tiefe Loch. Manche hielten Blumen in ihren Händen, die warfen sie auch hinunter. Andere trugen Kränze, die stellten sie oben an den Rand und warfen sie nicht in das Loch. Ja, so war das alles", seufzte Rudy. „Seitdem gehe ich jeden Tag mit Frauchen hierher. Wenn sie nach Hause geht, bleibe ich noch hier und gehe erst später auch wieder zu ihr nach Hause. Sie hat immer viel Besuch, jeden Tag kommen Leute, damit sie nicht allein sein muss. Ich bin dann da, wenn die anderen wieder weg gehen, nur Frauchens Mutter bleibt auch noch immer da."

„Das ist ja alles schrecklich, es tut mir sehr leid." Ich wusste nicht, was ich sonst sagen konnte.

„Weißt du", schlug Rudy vor, „komm doch mit mir mit. Du bist doch bestimmt sehr hungrig. Bei uns kannst du etwas von meinem Futter fressen. Vielleicht weiß ja mein Frauchen, wo sie anrufen kann, um dir zu helfen. Was du aushalten musst, tut mir auch so leid. Wie findest du die Idee?"

„Oh, ich finde es wahnsinnig nett von dir. Meinst du, dein Frauchen hat nichts dagegen?"

„Bestimmt nicht! Sie ist sehr klug und wird schon verstehen, warum ich dich mitbringe. Komm, lass uns gehen."

„Das ist eine wunderbare Idee. Ich weiß gar nicht, wie ich dir danken kann. Ich komme gerne mit."

Rudy kam von seinem Erdhügel herunter. „Folge mir einfach, es ist nicht sehr weit, dann wird es dir auch bald viel besser gehen."

Rudy führte mich die Straße entlang, die Autos sausten an uns vorbei, und ich fühlte mich sehr unbehaglich. Dann bog er um eine Kurve. Wir gingen einen Feldweg entlang. Auf der anderen Seite schauten hübsche weiße Häuser hinter Büschen hervor.

„Wir sind gleich da", teilte Rudy mir mit. Endlich hielt er vor einem weißen Tor an. Es stand offen. Dahinter führte ein Weg durch eine grüne Rasenfläche. Ich sah niemanden. Wir gingen weiter, und ich er-

spähte eine Veranda mit einer Bank. Darauf saß eine blonde Frau mit einer Schüssel auf dem Schoß. „Rudy", rief sie, „da bist du ja endlich!"
Er ging ihr entgegen und sie begann, ihn zu streicheln. Ich wartete und hatte Sorge, *was wohl jetzt passierte, wo Rudy mich einfach so mitgebracht hatte.*
Sie schaute freundlich und streichelte ihn. „Wen hast du denn da mitgebracht?"
Rudy begann aufgeregt zu wedeln. Ich tat es ihm nach und versuchte, freundlich zu blicken.
Rudy sagte zu mir: „Siehst du da hinten, da steht meine Wasserschüssel, geh' doch hin und trinke ein bisschen. Sicher hast du Durst." Ich nickte, blickte zu der Frau und ging dann langsam zu der Wasserschüssel. Darin war frisches Wasser. Es schmeckte

sehr gut. Rudy hatte sich vor sein Frauchen gesetzt und blickte sie an. Nun kam eine andere Frau durch das Tor, sie küsste Rudys Frauchen und fragte: „Hi, Loretta, hast du dir noch einen Hund angeschafft?"

„Oh, Susie, wie schön, dass du schon da bist." Loretta stand auf und umarmte die Frau, die Susie hieß. „Nein Susie, stell dir vor, Rudy hat diese Hündin einfach mitgebracht. Ich verstehe es auch nicht ganz, warum, aber Rudy ist ein kluger Hund, er weiß schon, was er tut. Schau, sie ist ein hübscher Hund, aber irgendwie macht sie einen traurigen Eindruck auf mich."

„Sie hat ein sehr attraktives Halsband um, schau, es hat ein afrikanisches Muster. Aber es hängt gar keine Marke daran", meinte Susie.

„Ja, das ist merkwürdig, sie hat auch keinen Chip im Ohr. Was würdest du denn
machen, wenn einfach ein fremder Hund
bei dir auftaucht?"

„Ich glaube, ich würde die Polizei anrufen
und fragen, ob sie Nachrichten haben
über vermisste Hunde."

„Oh, da fällt mir ein, es gibt doch eine
Website, "Unsere verlorenen Lieblinge".
Mach doch ein Foto von ihr und stelle es
ein."

„Tolle Idee, bitte, Susie, kannst du es für
mich machen, ich habe jetzt keine Nerven
dafür."

„Gern, kein Problem. Ich mache es nachher, wenn ich zu Hause bin. Vielleicht hilft
es ja und jemand in der Gruppe kennt
diese Hündin." Sie zog ihr Handy aus ihrer
Tasche.

Ach, sie will mich wohl fotografieren, das kenne ich ja schon. Mein Frauchen fotografiert mich doch so oft. Ich setzte mich hin und legte meinen Kopf ein wenig schief. Ich hörte wie die Frauen begeistert riefen: „Oh wie süß, das kann sie ja sehr gut, wie ein Fotomodell."
Ich hob eine Pfote an und schaute aufmerksam auf die Kamera. Die beiden kreischten vor Begeisterung.
„Was für schöne Fotos, hoffentlich hilft das. Wenn wir nur wüssten, wie sie heißt. So ein lieber Hund. Lass mich mal schauen, ob in dem Halsband eine Adresse steckt. Sie wird mir doch wohl nichts tun."
„Bestimmt nicht, Susie, obwohl, man kann ja nie wissen." Dann fühlte ich, wie Susie mein Halsband abnahm.

Ich wusste aber, dass sie nichts Böses vorhatte und hielt ganz still. Susie machte auch von dem Halsband ein Foto.

„Leider ist keine Adresse daran zu finden!" „Hat Rudy denn eigentlich seine Adresse im Halsband?"

„Natürlich, schon beim Kaufen haben wir die Gravur bestellt und konnten am nächsten Tag das gravierte Halsband abholen." Sie nahm es Rudy ab und zeigt Susie die Gravur.

Ach hätte mein Frauchen das doch auch bei mir gemacht, dachte ich. Ich wusste aber, dass Frauchen und Martin so viel zu tun hatten, seit ich da war, jeden Tag mussten sie andere Sachen besorgen. Wenn ich Frauchen finden würde, dann hoffte ich, dass sie auch auf diese wunderbare Idee kommen könnte. Ich überlegte, was ich nun tun könnte. Gerne wollte ich noch ein wenig bei Rudy bleiben. Er kam gerade zu mir. „Gefällt es dir hier bei uns?", fragte er.

Ich nickte. Dummerweise war ich immer noch hungrig.

Doch da bemerkte er: „Mein Frauchen wird bald mein Futter einfüllen, bestimmt wird sie dir auch etwas geben. Hast du auch solchen dollen Hunger wie ich?"

Ich nickte, aber ich schämte mich auch, es zuzugeben.

„Das kann ich mir sehr gut vorstellen. Du warst ja lange nicht zu Hause. Warte nur, sie gibt bestimmt uns beiden etwas."

Oh, ich hoffte es so sehr. Aber noch mehr hoffte ich, dass Frauchen mich finden würde. Ich wusste nur nicht wie.

Dann bemerkte ich, dass Susie sich verabschieden wollte, sie beugte sich zu mir und Rudy herunter, streichelte uns und sagte dann zu Loretta: „Ich fahre jetzt und hoffe, dass jemand diesen schönen Hund erkennt und vielleicht auch sein Frauchen kennt. Das wäre zu herrlich!"

„Vielen Dank dir, dass du die Fotos einstellen möchtest, das ist eine große Hilfe", hörte ich Loretta.

„Oh ja, das hoffe ich sehr", antwortete Susie.

Dann legte ich mich hin. Ich war sehr müde und döste vor mich hin. Bald hörte ich einige Zeit nichts mehr.

Dann hörte ich Rudys Stimme: „Komm, sie hat Futter für uns beide hingestellt. Hast du gut geschlafen?"

Ich blinzelte. Tatsächlich war es schon dunkel geworden.

„Komm", hörte ich wieder, da stand Rudy.

„Das wird dir schmecken sie hat uns mein

Lieblingsfressen hingestellt, frisch gekochtes Fleisch, danach wird es dir besser gehen!"

Ich raffte mich auf. „Toll, das freut mich sehr." Das Fressen roch wundervoll. Ein paar Schritte weiter standen zwei volle Näpfe. Wir rannten jetzt hin und begannen zu fressen, schmatzten und fraßen, es war toll.

„Wie schön du es hier hast, Rudy", bemerkte ich und hoffte gleichzeitig, dass bald ein Wunder geschehen würde und ich mein Frauchen wiedersehen könnte.

„Oh ja, es ist herrlich hier. Als ich aus dem Tierheim von meinem Frauchen abgeholt wurde, dachte ich, hier sei der Hundehimmel auf Erden."

Einige Zeit später hörte, wie das Telefon klingelte und Loretta immer wieder sagte,

„Ja bitte, schicken Sie ein Foto, ich bin in WhatsApp, dann schaue ich mal." Sie tippte auf ihr Telefon, hielt es an ihr Ohr und sagte; „Susie, ich habe Neuigkeiten! Eine Frau hat angerufen, sie will ein Foto schicken von ihrem eigenen Hund, den sie vermisst. Vielleicht könnte er es ja sein. Ah, da ist das Foto schon. Aber leider ist es nicht der Hund hier. Der ist auch sehr süß. Wie schade! Ich hoffe, es werden auch andere anrufen! Ich denke, ich lasse sie jetzt erstmal bei uns bleiben, sie ist ja eine Hündin und sehr brav. Ich will nicht, dass sie in Gefahr gerät, wenn ich sie jetzt auf die Straße schicke. Ich werde auch die Polizei anrufen. Ganz sicher würde es Arnie auch so sehen, wenn er noch bei uns wäre." Sie begann zu schluch-zen.

Rudy eilte zu ihr und leckte ihr die Hand, die ihn streichelte. Sein Frauchen tat mir leid – und auch Rudy vermisste ja sein Herrchen sehr.

Ich war froh, dass ich hierbleiben durfte und nicht in dem kalten Wald bleiben musste. Es war zwar ein sehr trauriges Haus – aber ich war auch traurig.

Am nächsten Morgen wachte ich auf einer Decke neben Rudys Korb auf. Ich wusste gar nicht mehr, seit wann ich da gelegen hatte. Alles war so still. Rudy blinzelte und erkundigte sich, ob ich gut geschlafen hätte. Oh ja, das hatte ich. Nach dem wunderbaren Fressen war ich so richtig müde geworden und hatte tief geschlafen, bis jetzt. Da fiel mir alles wieder ein und ich seufzte.

„Was denkst du?", fragte Rudy.

„Ach, ich hoffe so sehr, dass ich bald wieder zu Hause sein kann. Dann kannst du mitkommen und mein liebes Frauchen kennenlernen. Ich weiß, dass sie die ganze Zeit an mich denkt – genau wie ich an sie."

„Nachher können wir rausgehen. Dann schauen wir mal, was so passieren wird", bemerkte Rudy. Er ging zu seinem Napf, um Wasser zu trinken und legte sich wieder hin.

Auch ich trank Wasser. Es stand genügend für uns beide bereit.

Ich hörte wie Rudys Frauchen die Treppe runterkam und in die Küche ging. Sie hatte sehr verweinte Augen. Liebevoll umarmte sie Rudy und dann auch mich. Sie füllte Rudys Napf mit frischem Wasser auf und auch eine Schüssel für mich. Dann nahm sie ihr Telefon und tippte eine ganze Weile darauf herum, wählte eine Nummer und begann zu sprechen. Ich konnte sehr gut verstehen, dass ich es war, über die sie redete. Sie erzählte jemandem, dass ich jetzt bei ihr war und sie nicht wusste, woher ich kam. Ich seufzte wieder und streckte mich aus.

Sie röstete sich einen Toast und setzte sich dazu nicht einmal hin. Dann ließ sie einen Kaffee von ihrer Kaffeemaschine machen, die genauso aussah wie die von Frauchen. Mit trauriger Stimme sprach sie uns an: „Ich gehe jetzt nach oben und mache mich fertig. Dann fahren wir zu Arnie." Sie wollte mit uns zum Grab gehen. „Vielleicht ist mein Herrchen ja wieder aufgestanden", hörte ich Rudy sagen.

Ich wusste nicht, was ich antworten sollte, ich hatte noch nie gehört, dass jemand aus einem Grab aufstehen kann, wenn die Person erst einmal in der Kiste liegt und dann in der Erde begraben wird. Ich wollte es ihm aber so nicht sagen, damit er nicht noch trauriger sein würde. Ich wünschte so sehr, dass beide wieder fröhlich sein könnten, aber natürlich verstand ich, dass es sehr schwer sein würde. Ich ging also zu Rudys Frauchen und legte ihr meine Pfote aufs Knie und blickte sie an. Sie nahm meine Pfote: „Du verstehst mich, mein Hundi, und auch mein Rudy, ich bin froh, dass ich nicht ganz allein bin." Tränen liefen ihr wieder übers Gesicht.

Dann stand sie auf und ging nach oben, wohl um sich fertig zum Ausfahren zu machen.

Sie kam wieder herunter, nahm ihre Handtasche und ging mit uns beiden zum Auto. Sie öffnete das Heck, wo wir uns hinlegen konnten. Es dauerte nicht lange bis wir am Friedhof angelangt waren. Loretta parkte und ging mit uns zum Grab. Sie hatte noch eine Leine mitgenommen, die sie an meinem Halsband befestigte. Rudy konnte frei laufen. Am Grab standen wir eine Weile, bis Rudys Frauchen eine Gießkanne mit Wasser holte. Sie kam zurück und begoss die Blumen und Kränze, die noch überall lagen. Es waren so viele. So standen wir eine Weile, ich sah, dass Rudys Frauchen ihre Hände faltete und betete. Sie weinte wieder und tat mir so leid. Dann gingen wir langsam zum Auto zurück. Selbst Rudy kam heute direkt mit zurück. Diesmal fuhren wir vorbei an hohen Bäumen, kleinen Häusern in kleinen Gärten und großen Häusern in großen Gärten, bis wir in eine Straße einbogen und dann vor einem kleinen Haus hielten. Rudys Frauchen öffnete die Heckklappe, wir spran-

gen aus dem Auto und gingen alle zusammen aufs Haus zu. Loretta klingelte, Susie
öffnete die Tür und beide Frauen umarmten sich.

„Guten Morgen, Susie!", begrüßte Loretta
sie.

„Hast du schon auf der Website ge-
schaut, ob es eine Antwort gibt?"

„Komm mit ins Büro, wir schauen gleich
mal nach!"

Susie öffnete an ihrem Laptop die Gruppe
für verlorene Tiere.

„Schau", rief sie aufgeregt, schau, es ist
eine Antwort hier."

Mein Herz begann so sehr zu klopfen.
„Eine Marcella hat eine lange Nachricht
geschickt mit einer Telefonnummer. Ich
rufe gleich an."

Mein Herz klopfte wieder so sehr.
Marcella, das war ja Frauchens Name!

Susie tippte auf ihrem Handy und sprach
dann aufgeregt am Telefon. Sie reichte es
an Loretta weiter. Sie sagte immer wieder
Nala – und ich spitzte meine Ohren. Loretta wandte sich zu mir „Du bist Nala",
sagte sie, und ich sprang an ihr hoch. Sie
hielt mir das Telefon ans Ohr und da
hörte ich die Stimme von Frauchen, meinem Frauchen, und sie redete mit mir, und
ich musste weinen.
„Dein Frauchen kommt jetzt gleich, Nala",
sagte Loretta. „Wir warten hier." Loretta
und Susie lachten so sehr und umarmten
sich. „Also Nala heißt du", sagte nun auch
Rudy, „so ein toller Name."
Ich stand da und zitterte so sehr. Sie
hatten mein Frauchen für mich gefunden,
so eine Freude. Ich konnte es nicht fas-
sen.

„Dein Frauchen kommt bald." Sie streichelte mich, und ich drückte meinen Kopf
an ihr Bein. „Sie kommt hierher zu Susie,
es ist näher für sie als meine Adresse."
Ich war ja so dankbar und konnte kaum
mehr länger warten. So sehr hatte ich
doch Frauchen vermisst, meine Marcella.
Rudy kam zu mir. „Ich bin so froh für dich.
Versprich mir aber, dass du mich besuchen kommst, ich möchte gern wieder mit
dir spielen." Ich versprach es ihm.
Bald hörte ich von fern den Motor von
Frauchen, er wurde immer lauter und da
fuhr ihr schwarzer Jeep schon in die Einfahrt.
Durch das Fenster der Eingangstür sah
ich sie aus dem Jeep springen, ihre Haare
wehten, und sie rannte aufs Haus zu. Susie hatte schon die Tür geöffnet. Ich

drängte mich durch und sprang an Frauchen hoch, die sich herunterbeugte und mich umarmte und an sich drückte, so fest, als ob sie mich nie mehr loslassen wollte. Genauso sagte sie es: „Ich lasse dich nie mehr los, meine Nala!" Sie hielt mich ganz fest und ich fühlte, wie ihre Tränen auf mein Fell tropften. Dann richtete Frauchen sich auf, streckte ihre Hand aus. „Ich bin Marcella!", rief sie. „Ich weiß gar nicht, wie ich Ihnen danken soll, für das, was sie für meine Nala getan haben. Heute ist so ein glücklicher Tag, es ist der vierte Tag, dass sie weg war, und nun habe ich sie wieder."

„Ich freue mich auch so sehr!", lächelte Susie. „Bitte kommen Sie erstmal herein, wir trinken einen Kaffee, das ist meine Freundin Loretta. Bei ihr hat Ihre Nala zwei Nächte geschlafen."

Susie hatte schon Kaffee gekocht und Tassen und Kekse auf den Tisch gestellt. Ich stellte mich neben Frauchens Stuhl und drückte mich an ihr Bein, sie streichelte mich unablässig und kraulte mich im Nacken. Ich legte eine Pfote auf ihr Knie, und sie hielt sie fest. Wir waren wieder eins!

„Was für ein Wunder es doch ist, dass wir uns so schnell auf der Website gefunden haben", begann Susie. „Erst gestern hatten wir ja die Idee, diesen Versuch zu wagen."

„Ja, Susie, zum Glück bist du ja gestern zu Besuch gekommen, ohne dich hätte ich gar nicht gewusst, dass es so eine Website gibt. Ich bin auch so froh", erklärte Loretta.

Dann hörte ich, wie sie erzählte, wie alles geschah, dass plötzlich Rudy mit Nala nach Hause gekommen sei. Sie lobte Rudy, was für ein wunderbarer Hund er doch sei. Und auch wie lieb ich mich verhalten hätte. Das machte mich so stolz, als sie das sagte.

„Ja, du bist aber auch so ein lieber Hund, meine Nala", sagte Frauchen und streichelte mich. Sie lobte mich oft.

Ich tat aber auch alles, damit sie mit mir glücklich sein konnte. Wir verstanden uns immer so gut. Dann hörte ich, wie sie Susie und Loretta alles erzählte, dass ich noch gar nicht so lange aus Deutschland hierhergekommen sei und vieles lernen musste, was man hier nicht durfte, auch über meine Angst vor dem Feuerwerk. Da schämte ich mich ein wenig.

Loretta und Susie hörten aufmerksam zu. Dann fragte Loretta, ob Frauchen sich denn schon eingelebt hätte und ob es ihr gefällt in Georgia. Sie schluckte und dann erzählte sie, dass es ihr eigentlich gut gefiel, es erinnere sie an ihre Kindheit in den Tropen, in Nigeria, die Vegetation und auch das Klima und die rote Erde. Sie hätte noch sehr viel zu tun, um das Haus einzurichten und alles so hinzubekommen, wie sie es haben wollte. Sie vermisste aber ihre Freundinnen in Deutschland. Woraufhin Loretta sagte, wie sehr sie sich freuen würde, wenn sie beide Freundinnen werden könnten.

„Es wäre doch schön, wenn wir uns wieder treffen könnten", meinte sie und fügte hinzu: „Rudy und Nala verstehen sich doch auch so gut, wir könnten zusammen in einen Bark Park gehen, das macht den Hunden immer so viel Spaß."

Frauchen nickte. „Ja, das wäre schön, das ist ein wunderbarer Plan." Susie schmunzelte. „Ich könnte direkt neidisch werden, dass ihr so tolle Ausflüge mit euren Hunden machen könnt. Ich würde gern auch mitkommen, wenn ihr nichts dagegen habt."

„Gern, gern", rief Loretta und Frauchen nickte.

Ich fand die Idee auch super. Rudy und ich wedelten extra doll, um zu zeigen, wie toll wir das fanden. Ich erinnerte mich auch daran, dass Martin einmal meinte, es wäre doch schön, wenn mein Frauchen eine Freundin finden würde, die auch einen Hund hätte. Dann würde sie sich doch bestimmt besser fühlen, und nicht so allein, wenn er bei der Arbeit wäre.

Rudy und ich hatten uns gemütlich hinge-
legt, während unsere Frauchen und Susie
sich unterhielten. Susie meinte, dass es
doch wunderbar wäre, dass nun so etwas
Schönes entstehen würde, dadurch, dass
ich mich verlaufen hätte. Am Ende wäre
doch etwas Gutes dabei herausgekommen.
„Wir hätten uns doch sonst nie kennenlernen können", meinte sie.
So saßen die drei noch eine ganze Weile,
bis mein Frauchen Marcella dann meinte,
wir sollten aufbrechen und nach Hause
fahren.
Alle tauschten ihre Telefonnummern aus
und versprachen, sich bald zu verabreden
für einen Besuch im Bark Park. So gingen
wir raus, dem Auto entgegen. Im Eingang
standen noch Susie und Loretta und wink-
ten. Rudy wedelte zufrieden mit dem
Schwanz.

Ich kann gar nicht beschreiben, wie ich mich fühlte, als ich neben Frauchen über den weißen Kies ihrem Jeep entgegenging. Sie öffnete die Tür für mich, die ich nur zu gut kannte und ließ mich hineinhüpfen. Anstatt, dass sie sich ans Steuer setzte, kam sie zu mir auf den Hintersitz. Sie streichelte mich, und ich hörte sie schluchzen. Ich leckte ihre Hand und hoffte, sie würde bald nicht mehr weinen. jetzt wo wir doch wieder zusammen waren. Als ob sie meine Gedanken gelesen hätte, murmelte sie: „Nala, endlich ist dieser schreckliche Alptraum vorüber, und du bist wieder bei mir. Es ist ein wahres Wunder, dass dir nichts passiert ist und du nun wieder in deinem Zuhause sein kannst. Wie habe ich dich doch vermisst. Ich hatte solche Angst um dich, aber Gott hat uns geholfen, da bin ich mir ganz sicher."

Sie streichelte mich nochmal und ging dann zum Vordersitz, drückte auf den Knopf, wie sie es immer macht und dann ging das laute Brummen los. Das Auto fuhr an und langsam setzte sie zurück.

Mein Herz begann wieder zu klopfen. Ich freute mich so sehr. Ich konnte es nicht erwarten, bis ich endlich wieder zu Hause sein würde, aus meiner eigenen Futterschüssel fressen und aus der schönen Wasserschale trinken, die Martin extra für mich gekauft hatte.

Ich schaute aus dem Fenster und sah die Bäume vorbeisausen. Es musste der Wald sein, in dem ich mich so verirrt hatte. Seufzend legte meinen Kopf auf die Pfoten und war einfach nur glücklich.

Die Fahrt dauerte recht lange, konnte es sein, dass ich so weit gelaufen war? Gerade in diesem Augenblick, als ich das dachte, hörte ich wie Frauchen sagte: „Siehst du, Nala, wie weit weg du gelaufen bist? Und alles nur wegen dieses Feuerwerks. Das darfst du nie wieder tun, Nala, versprich es mir! Du hast mir solche Angst gemacht, dass ich dich nicht mehr finden würde, verstehst du mich?" Dabei schaute sie kurz zu mir nach hinten.

Ja, ich verstand sehr gut, was sie sagte. Aber was könnte ich denn tun, wenn ich doch solche Angst habe vor Lärm?

„Du hast mir solchen Kummer bereitet, Nala, du kannst es dir nicht vorstellen." Doch, doch kann ich. Aber ich seufzte nur und war so müde.

Endlich hörte es sich so an, als ob wir in unsere Einfahrt einbogen. Martins Auto war nicht da, also war er wohl bei der Arbeit. Frauchen öffnete die Tür, sprang heraus und ließ mich dann auch raus.

Oh, was für ein tolles Gefühl, wieder hier zu sein. Es roch wieder ganz anders als in Rudys Haus.

Frauchen öffnete die Eingangstür und ich drängelte mich an ihr vorbei und rannte zu meinem Napf.

Ja, Frauchen hatte ihn schon gefüllt und auch die Wasserschüssel. Ich stürzte mich auf den Napf und begann zu fressen. Dabei war ich gar nicht so hungrig, ich wollte einfach nur den Geschmack von meinem eigenen Futter schmecken. Dann rannte ich überall herum, in jedes Zimmer, die Treppe rauf und wieder runter.

Dabei fiepte ich ein wenig, ich war so glücklich und aufgeregt.

Ich fühlte, dass es Frauchen genauso ging und legte mich dann auf meine Decke, um mich ein wenig auszuruhen.

Am nächsten Tag gingen wir wieder zum See. Danach kaufte Frauchen ganz viel Futter für mich und noch Gläser mit Pulver, das sie immer unter mein Futter mischte. Als wir zu Hause waren, sagte Frauchen: „Morgen gehen wir zum Tierarzt. Wenn alles in Ordnung ist, kommt dann dein Ausflug in den Bark Park, Nala." Ich legte mich auf meine schöne weiche Decke, um mich ein wenig auszuruhen und zu überlegen, was wohl ein Bark Park sei. Ich muss lange auf meiner Decke gelegen haben, denn als ich aufwachte, sah ich weder Frauchen noch Martin. Ich stand auf, um Wasser zu trinken und entdeckte, dass mein Fressnapf schon wieder vollgefüllt war mit den leckersten Hunde-Knabbereien. Ich war zu Hause, zu Hause, zu Hause, jubilierte ich innerlich und begann zu fressen. Nur zu Hause konnte Fressen so schön sein. Wie herrlich, der Geruch, den ich so gut kannte, war überall. Ich war einfach so erleichtert. Da kam, tapp, tapp, tapp, Frauchen die Treppe herunter. Sie umarmte mich und flüsterte: „Wie wunderbar, dass du wieder bei uns bist, meine Nala. Ich habe dich so vermisst. Alles ist jetzt wieder gut. Nachher gehen wir zum Tierarzt, er wird dich anschauen, ob auch alles in Ordnung ist. Du bist so dünn geworden. Du hast so ein Glück gehabt, dass dir nichts Schlimmes geschehen ist. All die gefährlichen Tiere im Wald. Und wie du es geschafft hast, die Tara Road zu

überqueren, ohne dass dir etwas geschehen ist, es ist einfach ein Wunder." So redete sie die ganze Zeit, und ich war auch
so froh, ihre Stimme zu hören. Wie gern
hätte ich ihr gesagt, dass ich doch schlau
bin und aufgepasst habe, im Wald und
ganz besonders, dass ich gewartet habe,
bis die Autos still standen. Da bin ich doch
hindurchgeschlüpft.
Da sagte sie schon: „Ich weiß doch, Nala,
dass du ein kluger Hund bist, oh meine
Nala." Sie schlang ihre Arme um mich.
Glück pur!

Frauchen trank ihren Kaffee. Sie ging, um
ihre Laufschuhe anzuziehen und holte ihre
Jacke, also konnte ich mich bereit machen. Da kam sie schon mit meiner Leine.
„Komm, Nala, wir gehen zum Tierarzt, es

ist nicht weit. Wir brauchen das Auto nicht."

Sie öffnete die Vordertür, und wir gingen los. Bald kamen wir an dem Hund unseres Nachbarn vorbei, der immer in dem Käfig saß. Tatsächlich rief er zu mir herüber: „Wo warst du denn so lange, ich habe dich schon vermisst!"

Was, vermisst? Das ist ja nett. Ich konnte es nicht glauben. Also rief ich zu ihm rüber, dass ich mich verlaufen hatte und nun wieder zu Hause bin.

„Das tut mir leid", hörte ich ihn antworten. „Du hast Glück gehabt, dass du es geschafft hast. Es ist sehr gefährlich im Wald, es gibt da Schlangen."

Oh nein, Schlangen! Ich begann zu zittern, vor Schlangen hatte ich große Angst.

„Komm jetzt, Nala, lass uns weitergehen", hörte ich Frauchen.

So gingen wir weiter, Frauchen wusste ja nicht, dass ich mit dem Hund redete.

Bald waren wir an den Bahngleisen, vorsichtig balancierte ich hinüber, meine Pfoten taten mir noch weh, auch waren die Steine zwischen den Gleisen so spitz. Es war wirklich nicht weit bis zum Tierarzt.

„Wir sind da", sagte Frauchen. Sie öffnete die Tür und wir gingen hinein.

Ich sah zwei Frauen, eine telefonierte, die andere grüßte freundlich: „Na, wen haben wir denn da? Dich kenne ich doch schon. Ist sie krank?", wandte sie sich an Frauchen. Es dauerte, bis sie ihr alles erzählt hatte, die Frau schüttelte öfter den Kopf, sagte. „Oh das tut mir ja so leid".

Ich konnte an ihren Augen sehen, dass sie mit mir fühlte.

„Ihr kommt gleich dran", teilte sie Frauchen mit und dann kam bald der Doc, sah

uns und bat uns, mitzukommen. Er war auch sehr freundlich und untersuchte mich sehr genau. Hinter den Ohren tastete er lange. Dann sagte er: „Sie hat hier eine Schramme", und tastete mich weiter ab. „Sie hat sehr viel Glück gehabt. Es ist gefährlich hier im Wald, es gibt giftige Schlangen, aber alles ist gut. Sie ist sehr erschöpft, aber wird sich bald erholen, bei Ihrer guten Pflege."
Ich war so froh, der Tierarzt hatte Frauchen gesagt, ich sei gesund, aber auch, dass sie und Martin mich lieber nicht von der Leine lassen sollten, wenn ich mich noch nicht so gut auskennen würde.
Ich sah, wie Frauchen lächelte. Das machte mich glücklich.
Auf dem Rückweg liefen wir dann zu dem See, der nicht weit von uns entfernt ist.

Bald sah ich schon das Wasser zwischen den Bäumen glitzern, ja, und die braunen Gänse waren auch wieder da. Zu gern hätte ich die mal gejagt, aber Frauchen erlaubte es nicht, sie führte mich an der Leine. Als ich an der Leine zog, flogen sie schon weg über das Wasser. Sie hatten Angst, dass ich sie jagen würde, sie wussten ja nicht, dass ich an der Leine war, die dummen Gänse.

Frauchen lachte und wir gingen weiter.

Oh, und da waren ja auch die tollen Schildkröten, die ich schon kannte. Sie saßen auf dem Stein, der aus der Mitte des Sees herausragte und sonnten sich. Wie herrlich es doch war, all das wiederzusehen, was ich so vermisst hatte.

„Wenn wir zurück sind, werde ich Rudys Frauchen anrufen. Mal sehen, ob sie

nächste Woche Zeit hat, dann können wir
in den Bark Park fahren."
Oh toll, ich freute mich sehr, und mein
Herz begann zu klopfen.

Als wir den See umrundet hatten, gingen
wir zurück zu den Gleisen und waren bald
zu Hause. Ich trank Wasser und legte
mich wieder auf meine schöne weiche Decke, die ich so liebte.
Ich muss eingeschlafen sein, denn irgendwann hörte ich Frauchen reden.
„Wie geht es dir, Loretta?" Dann hörte
ich irgendwann, wie sie Loretta fragte,
wann sie denn mal Zeit hätte, dass wir uns
treffen könnten. Sie erzählte Loretta,
dass eine Bekannte ihr von dem Bark Park
erzählt hatte und wie schön es dort war.
Darum wollte sie gern dorthin fahren. Sie
redeten und redeten und dann hörte ich,

wie Frauchen sagte: „Oh toll, dann kommt ihr übermorgen." dann erklärte sie ihr den Weg zu uns, denn sie meinte: "Es ist am besten, ihr kommt hierher, dann kannst du hinter mir herfahren und lernst den Weg zum Bark Park kennen. Ich freue mich schon, das wird schön!"

Den ganzen Vormittag backte Frauchen mehrere Kuchen. Sie erzählte mir, dass sie für Loretta und Susie wären, wenn sie kämen und wir dann zum Bark Park fahren würden.

Endlich war der Nachmittag da und ein großer, weißer Pick-up parkte vor unserem Haus.

„Da sind sie schon", rief Frauchen.

Es waren tatsächlich Loretta und Susie. Rudy sprang auch gleich aus dem Auto.

Frauchen öffnete die Tür. Rudy kam sofort auf mich zu gerannt und wir beschnupperten uns lange. Ich freute mich sehr, Rudy zu sehen. Nun hatte ich einen neuen Freund gefunden. Auch Rudy freute sich, das konnte ich merken.

„Ist es euch recht, wenn wir gleich zum Bark Park fahren? Danach können wir dann noch bei mir Kaffee trinken und Kuchen essen", fragte Frauchen und alle waren sofort einverstanden.

„Ich freue mich schon so sehr darauf, endlich den Bark Park kennenzulernen", hörte ich Frauchen sagen.

Also fuhren wir los, Frauchen vorneweg und Loretta mit Rudy und Susie hinterher. Endlich waren wir angekommen und gingen in die Richtung, wo der Teil des Parks für Hunde eingerichtet war. Viele Menschen waren unterwegs, das Wetter war so herrlich. Auch hier gab es einen See, etwas kleiner als bei uns, aber auch schön. Frauchen erlaubte mir leider nicht, darin zu schwimmen. Als wir an der Pforte des Teils der Hunde angekommen waren, gab es zwei Türen, durch die man durch musste. Dann waren wir drinnen.

So viele Hunde tobten schon überall herum. Es war so toll. Es gab Wippen, über die man laufen konnte. Ich sah zwei Hundehäuser, die vorn und hinten offen waren. Man konnte durch sie hindurch laufen, wieder umkehren und dann auf langen Balken balancieren. Wir sprangen alle einfach hin und her und probierten alles aus. Wir waren so viele. Es war so aufregend. Als unsere Frauchen uns riefen, wollten wir noch gar nicht aufhören, aber wir mussten dann mitgehen.

Endlich war eine schöne Zeit gekommen, all das Traurige war vorbei, so schien es mir. Frauchen lachte wieder, klar hatte sie auch sonst gelacht, bevor ich sie für eine Weile verloren hatte. Aber jetzt hörte sich das Lachen erleichtert an. Sie traf sich öfter mit Rudys Frauchen Loretta. Wir fuhren nun auch gelegentlich mal in den Bark Park in der Nähe vom Spivey Center.

Eines Tages rief Susie mein Frauchen an und bat sie, heute Nachmittag mit mir zu ihr zu kommen. Auch sagte sie, dass sie Loretta ebenfalls Bescheid gesagt hatte. Was sie wohl vorhatte?
Ich war sehr aufgeregt. Sie hatte irgendwie geheimnisvoll geklungen. Bestimmt hatte sie eine Überraschung für uns.

Frauchen wollte nochmal mit mir rausgehen, bevor wir losfahren würden. Auf unserem Weg rief Loretta an und ich hörte wie Frauchen rief: „Oh, wirklich? Das ist ja super!" Sie beugte sich zu mir nieder und flüsterte: „Stell dir vor, Susie hat einen Hund aus einem Heim adoptiert. Er ist sechs Monate und wurde allein im Wald gefunden, als jemand aus dem Heim dort spazieren ging."

Ich freute mich auch sehr über diese tolle Nachricht. Ich mochte es gern, mit anderen Hunden zu spielen. Bald kamen wir bei Susie an. Loretta war schon dort mit Rudy. Susie saß auf dem Sofa und hielt eine kleine, weiße Hündin mit Locken auf ihrem Schoß. Sie sah süß aus und trug ein rosa Halsband. Aber sie war sehr schüchtern und wollte gar nicht von dem Schoß ihres neuen Frauchens runter.

„Sie soll Cleo heißen", erklärte Susie. „Ich liebe sie jetzt schon so sehr. Sie ist sehr schüchtern. Alle Versuche, ihre Familie zu finden, seien gescheitert, sagte die Chefin des Heims. Darum durfte ich sie mitnehmen. Ich wollte sie euch so gern zeigen. Aber im Augenblick möchte ich noch allein mit ihr rausgehen, damit sie sich an alles gewöhnen kann. Nach ein paar Wochen, wenn sie heimisch geworden ist, gehe ich mit euch mit. Bis dahin bitte ich euch, uns hier zu besuchen, dann lernt sie euch und eure Hunde richtig kennen."

„Das machst du vollkommen richtig", hörte ich Frauchen sagen. „Schau nur, wie sie guckt. Es ist ja noch alles so neu für sie. Sie ist einfach entzückend und passt so gut zu dir, Susie."

Es dauerte eine Weile, bis wir Susie wieder besuchten. Sie kümmerte sich sehr um Cleo. Sie telefonierte viel mit Frauchen. Inzwischen war der Herbst gekommen. Wir gingen nicht mehr in die Nähe des Waldes, wo ich mit Martin war, als das Schreckliche begann.

Eines Morgens meldete Susie sich und lud uns zu sich ein und sagte, dass auch Loretta mit Rudy kommen würde. Als wir angekommen waren, kamen auch gerade Loretta und Rudy und wir begrüßten uns auf dem Parkplatz. Ich war sehr froh, Rudy wiederzusehen, er war ein echter Freund und wir spielten eine Weile auf dem Rasen. Susie stand in der Tür mit Cleo auf dem Arm. Es sah aus, als ob Cleo gewachsen war. Susie ließ sie herunter – und Rudy und ich gingen zu ihr und begrüßten sie. Inzwischen war sie nicht mehr so ängstlich und ich fühlte, dass sie sich eingelebt hatte. Unsere drei Frauchen saßen am Tisch und aßen Kuchen und tranken Kaffee und redeten und redeten ununterbrochen. Loretta schlug Susie vor, dass wir drei Hunde draußen ein wenig im Garten spielen könnten. Susie stimmte zu. Ich fand diese Idee super. Mir gefiel es sehr, dass ich mit Rudy den Garten entdecken würde und die kleine Cleo hätte bestimmt auch Spaß mit uns. Kaum hatte Loretta die Tür geöffnet, sausten wir schon los. Der Garten war riesig. Cleo rannte gleich los und rief: „Ich verstecke mich und ihr könnt mich suchen." Obwohl sie so klein war, hinderten ihre kurzen Beine sie nicht daran, so schnell zu flitzen und sich hinter den Büschen zu verstecken, dass ich sogar außer Atem kam. Ich bin ja schon neun Jahre alt. Ich legte mich unter einen Baum, um

zu verschnaufen. Rudy kam zu mir und fragte mich, ob alles okay wäre. Ich erzählte ihm, dass ich mich meistens ausruhen muss, wenn ich viel renne.
„Das kenne ich", sagte er, „es geht mir oft auch so."
Da war ich erleichtert.

Später verabschiedeten wir alle uns wieder. Cleo rief uns zu: „Kommt bald wieder!" Ich hoffte auch, dass wir drei uns nun öfter treffen könnten. Ich war sehr glücklich, dass ich nun neue Freunde hatte, mit denen ich ab und zu spielen konnte. Trotzdem war ich am glücklichsten, wenn ich mit meinem Frauchen ganz allein etwas unternehmen konnte. Wir verstanden uns einfach gut und jede wusste, was die andere dachte. Das war so schön und beruhigend.

Zu Hause angekommen, ging Frauchen gleich in die Küche, um sich Kaffee zu machen, Martin war wohl noch oben, er ging ja immer später zur Arbeit. Während der Kessel kochte, redete sie mit mir. „Wir machen erst nächste Woche wieder einen Ausflug zum Bark Park. Ich rufe nachher Loretta an. Sie ist so nett, ich möchte mich gerne noch einmal bei ihr bedanken, wie wunderbar sie auf dich aufgepasst hat. Das alles verdankst du Rudy. Er ist ein guter Hund. Er hat sehr viel Vertrauen zu seinem Frauchen, dass er dich einfach mitgenommen hat zu seinem Zuhause."
Oh ja, da hatte sie recht, das war so nett von Rudy gewesen. Ich freute mich schon sehr darauf, bald wieder mit ihm im Bark Park herumzulaufen und mit ihm zu toben. Es war schön, dass jetzt auch die kleine

Cleo dabei sein würde. Irgendwie fühlte es sich an, als ob sie mein Kind war. Ich hatte ja keine eigenen Kinder gehabt. Jetzt stellte Frauchen das Radio an und suchte die Musik, die sie immer so gern hörte. Ich auch, ich liebte es, auf meiner Decke zu liegen und der schönen Musik zuzuhören. Solche beruhigenden Klänge. Oh, und wie ich mich freute. Ich seufzte, stand auf, ging zu meinem Wasser, trank, und legte mich entspannt und voller Vorfreude wieder hin.

Wir gingen abends nochmal raus, es war schon dunkel, aber die Straßenlaternen leuchteten hell. Wieder zu Hause legte ich mich auf meine Decke unter dem Couchtisch, ich war müde und schlief bald ein.

Am nächsten Morgen, nachdem wir schon
früh am See gewesen waren, backte Frauchen mehrere Kuchen. Sie liebte es, Kuchen zu backen. Dann hängte sie Wäsche
auf und ich lief dabei um sie herum.

Am Nachmittag war das Wetter sonnig
und sogar heiß, Frauchen saß auf der Terrasse und las. Ich hatte mich dazu gelegt
und döste vor mich hin.

Gegen Abend meinte sie: „Komm, wir gehen nochmal ein wenig spazieren."

Also noch eine Runde um den See. Diesmal
waren anscheinend schon alle Tiere schla-
fen gegangen, es war sehr ruhig. Es wurde
schon dämmerig. Ich war froh, als wir wieder zu Hause waren, so dass ich mich wieder hinlegen konnte. Frauchen saß auf dem
Sofa und sah fern. Das tat sie immer, bis
dann endlich Martin nach Hause kam. Er
war dann auch müde, meistens saßen sie

noch auf dem Sofa zusammen und sahen Filme, bis sie dann ins Bett gingen.
Ich schlief auf einer Matte vor ihrem Schlafzimmer und passte auf sie auf.

Das Leben hatte sich deutlich zum Besseren gewendet. Ich hatte jetzt eine tolle Familie und liebe Hundefreunde. Das war so schön und beruhigend. So wünschte ich es mir für immer. Aber beim nächsten Krach und Feuerwerk würde ich direkt zu Frauchen laufen, nicht wieder weg. Denn bei ihr habe ich immer alles, was für mich gut ist … Mit diesem Gedanken schlief ich ein …

Über die Autorin:

Gerwine Ogbuagu

wuchs in Hamburg auf. Schon als Jugendliche liebte sie es, Brieffreundschaften mit Partnern aus vielen Ländern zu führen und viel über andere Kulturen zu erfahren.

Sie schreibt bis heute regelmäßig Tagebücher.

Sie studierte an der Johann Wolfgang-Goethe-Universität in Frankfurt am Main Englische und Amerikanische Literatur.

Geschichten zu erzählen und später zu schreiben, hat ihr schon immer sehr gefallen. Gerwine hat lange in West-Afrika gelebt. Die Erzählkultur, die sie dort kennenlernte, hat sie weiter inspiriert.

Viele ihrer Geschichten sind in verschiedenen Anthologien erschienen.

Gerwine schreibt regelmäßig Buchrezensionen im Internet.

Sie hat auch bereits 2 Romane im Edition Paashaas Verlag veröffentlicht:

Samira und der Pfauenschrei
historischer Liebesroman
ISBN: 978-3-96174-106-9

Ausgesperrt
ISBN: 9783961740734

Alle Infos dazu: www.verlag-epv.de